Título

A Treinadora

De

Erika Sanders

Serie

Dominação e Submissão Erótica

Sinopse

Erika acha sua treinadora muito sexy.
Ela fará algo quando estiver sozinha com
ela?...

A Treinadora é um romance com forte conteúdo erótico BDSM e, por sua vez, um novo romance pertencente à coleção **Dominação e Submissão Erótica**, uma série de romances com alto conteúdo romântico e erótico BDSM.

(Todos os personagens têm 18 anos ou mais)

Nota sobre a autora

Erika Sanders é uma escritora conhecida internacionalmente, traduzida em mais de vinte idiomas, que assina seus escritos mais eróticos, longe de sua prosa habitual, com seu nome de solteira.

Índice

A TREINADORA
DE
ERIKA SANDERS

Apesar de estar bastante exausta com as aulas do dia na faculdade, Erika ainda se esforçava para se exercitar na academia da universidade. Ela precisava disso. Francamente, ela era a pior jogadora do time de softball.

Claro, ela já estava em boa forma, mas em comparação com as outras garotas do time, ela simplesmente não era boa o suficiente e foi um milagre que ela sequer entrasse no time. A equipe exigia uma quantidade mínima de jogadores e Erika era esse mínimo.

Depois de realizar uma rotina de empurrar/puxar com várias máquinas, ela respirou fundo antes de bater os abdominais. Ela fez trinta repetições em rápida sucessão em um banco, descansou por um minuto e depois repetiu a série mais duas vezes.

Quando ela lutou no último set, ela olhou para cima e viu um rosto bloqueando a luz. Uma mulher aleatoriamente parou sobre ela com o rosto suado, um rabo de cavalo bagunçado e uma toalha enrolada no pescoço.

"Vamos, repetições, repetições, repetições!" a mulher encorajou brincando.

Erika reconheceu instantaneamente que era a treinadora Bethy. Ela fez algumas repetições extras em seus abdominais como se para provar sua resistência, então se levantou para cumprimentar a treinadora Bethy.

"Olá", ela sorriu, respirando fundo após o treino.

A treinadora Bethy sorriu de volta. "Desculpe atrapalhar seu treino. Você precisava de um impulso."

"Sim, estou tentando ficar em melhor forma."

"Fico feliz em ver que você está trabalhando duro", respondeu a treinadora Bethy.

"Falando nisso, você esteve aqui o tempo todo? Eu não tinha visto você."

A treinadora Bethy enxugou o rosto com uma toalha. "Fiquei na sauna na última meia hora. Antes disso, fiz uma hora de cardio na esteira."

"Legal."

"Você é uma corredora, Erika?" ela perguntou. "Com que frequência você corre?"

"Não tanto quanto eu gostaria. Eu corro com mais frequência quando não há escola. Talvez 3-5 milhas."

"Maravilhoso."

"É claro que não tenho resultados como você", respondeu Erika, percebendo os músculos do treinador ondulando ao respirar. "Quero dizer, meu Deus, seu físico é incrível."

A treinadora Bethy flexionou um bíceps. "Obrigado. Muito trabalho duro."

"Quero dizer, sério. Você tem uma ótima genética."

"De certa forma, mas com toda a honestidade, sou inteligente com minha rotina."

"Algum segredo?" Erika perguntou. "Eu mataria para ter um corpo como o seu."

"Em primeiro lugar, obrigado, isso é fofo. Segundo, tenha orgulho do corpo que você tem. As mulheres são muito duras consigo mesmas. Acho que toda mulher é linda à sua maneira única. Seja você mesmo e arrase com o que você tem."

Erika assentiu. "Oh, eu definitivamente concordo com esse sentimento. Mas nem toda garota está em um time de esportes. Na verdade, eu estou no SEU time, e nossas chances de ganhar jogos aumentariam exponencialmente se eu estivesse em melhor forma."

Para efeito adicional, Erika piscou e a treinadora Bethy riu.

"Diga-me sua rotina de exercícios e dieta típica. Então, darei algumas idéias, se puder."

Erika fez um rápido resumo de seu regime de condicionamento físico e plano nutricional; tudo, desde como ela gostava de correr e quais exercícios ela fazia.

"Acho que descobri o seu problema", disse a treinadora Bethy em tom conclusivo.

"O que é?"

"Você provavelmente atingiu um platô. É quando seu corpo está tão acostumado com a mesma rotina que para de se adaptar, portanto você não está mais obtendo ganhos."

Erika franziu os lábios. "Hmmm... Interessante. Eu usei a mesma rotina por anos, então você pode estar certo."

"Talvez levante pesos mais pesados ou tente exercícios mais explosivos. Mude as coisas, encontre algo divertido."

"Alguma recomendação?"

"Pessoalmente, gosto de nadar", respondeu a treinadora Bethy. "É um impacto baixo nas articulações, alta intensidade e me dá uma sensação de liberdade quando estou na água."

"Deus, eu adorava nadar quando criança. Menos ainda quando nossa família se mudou para um lugar diferente. Eu não tenho nadado desde que me mudei para a faculdade."

"Pronto. Problema resolvido. Tente nadar. Nade forte, nade rápido, mas não fique muito dolorido, ou então você não será capaz de praticar softball corretamente. Se você combinar isso com uma boa dieta, você ' notará grandes mudanças em seu corpo."

"O problema é que todas as piscinas próximas estão sempre ocupadas", lamentou Erika. "Especialmente a piscina da universidade."

"Verdade, é por isso que sempre chego cedo ao campus e nado sozinha. O horário funciona perfeitamente para mim."

"Nadar sozinho? Deve ser bom. Só posso sonhar."

"Estou sentindo ciúmes?" a treinadora Bethy brincou. "Sim, tenho a piscina só para mim. É terapêutico para mim, tanto física quanto mentalmente. É uma ótima maneira de começar um dia agitado."

"Estou totalmente com ciúmes."

"Você é bem-vindo para se juntar a mim, desde que mantenha isso em segredo."

"Tem certeza?" Erika perguntou, surpresa com a oferta.

"Por que não? Você vai se sentir desconfortável?"

"Depende. Você é um serial killer?"

A treinadora Bethy balançou a cabeça. "Não, mas posso ser um serial killer que mata outros serial killers, como Dexter."

"Funciona para mim", respondeu Erika, antes de parar para pensar. "Eu não estou incomodando você, estou? Quero dizer, eu não quero atrapalhar seu tempo privado."

"Bobagem. Estarei na piscina às 6:45 da manhã de segunda-feira. Se estiver interessado, seja pontual e traga uma toalha e roupa de banho. Teremos uma hora a sós."

"É um encontro", Erika sorriu.

A treinadora Bethy lançou um olhar interrogativo. "Interessante escolha de palavras. De qualquer forma, devo ir e preciso de um banho. Desculpe interromper seu treino abdominal."

"Não se preocupe. Meu abdômen é péssimo de qualquer maneira."

A treinadora Bethy cutucou a barriga de Erika. "Segunda de manhã. Eu vou te mostrar algumas boas rotinas abdominais na piscina."

"Você acha que isso vai funcionar para mim?"

"Funcionou para mim", respondeu a treinadora, esfregando a própria barriga lisa, sentindo os músculos tensos.

CAPÍTULO 2

Com toda a seriedade, Erika ficou maravilhada com a chance de treinar em particular com a treinadora Bethy. Afinal, essa treinadora era uma pessoa incrível e estava em uma forma fantástica.

No fundo, Erika sempre sonhou em ser aquela garota. A garota que acertasse a tacada vencedora, então todo o time a colocaria nos ombros, para que ela pudesse desfilar pelo campo como uma heroína. Era improvável, mas ainda assim uma fantasia.

Na segunda-feira ela chegou na hora e cumprimentou a treinadora Bethy. Depois de destrancar a piscina, acender

as luzes e ligar o aquecedor, eles foram
ao vestiário para se trocar. Eles
colocaram seus trajes de banho em
diferentes áreas de armários para que
não se vissem nus.

Eles se encontraram na área da piscina,
onde pararam para admirar os trajes de
banho um do outro.

"Isso é novo?" perguntou a treinadora
Bethy.

"Sim. Comprei no fim de semana."

"Legal. Parece que você está pronto para
ir."

Eles fizeram seus aquecimentos e
relaxaram seus membros por vários
minutos. Quando seus corpos estavam
quentes, eles mergulharam na piscina e

nadaram. Ritmo normal no início. Em seguida, eles nadaram rapidamente para frente e para trás entre as duas extremidades da piscina, trabalhando em sua força e resistência cardiovascular.

Depois de dez voltas com muito pouco descanso entre elas, eles se encostaram na lateral da piscina com os braços no concreto.

"Isso foi intenso," Erika bufou com uma respiração pesada.

"Foi. E eu adoro isso."

A frequência cardíaca de Erika voltou ao normal. "Eu definitivamente estarei dolorido amanhã."

A treinadora Bethy ergueu uma sobrancelha. "Então você acha que já terminamos?"

"Não estamos?" Erika respondeu.

"Seus abdominais, lembra? Você não queria trabalhar neles?"

"Acho que fiz um treino básico suficiente nadando essas voltas."

Um sorriso sádico surgiu nos lábios da treinadora. "Bobagem. Já estamos na piscina, então podemos fazer o que viemos fazer aqui. Siga minha liderança. Coloque as costas contra a parede, segure o concreto com os braços e levante as pernas. Assim ."

A treinadora Bethy deu o exemplo, colocando as costas contra a parede, apoiando os braços no concreto e, em seguida, levantando as pernas para que seus pés saíssem da água. Ela fez várias repetições. Erika fez o mesmo, mas lutou após a terceira repetição.

"Isso é difícil", Erika suspirou, colocando os pés de volta no chão. "É muito mais difícil com a água adicionando resistência."

"Essa é a questão."

"Eu não posso continuar."

"Claro que pode, só mais algumas repetições."

Erika mostrou a língua. "Ughhh... você pode me ajudar pelo menos?"

"Claro."

Foi quando o treinador colocou as mãos na água para ajudar Erika pressionando abaixo das coxas, permitindo que mais repetições fossem feitas.

"Agora, isso é o que eu chamo de malhar", Erika sorriu enquanto o treinador a ajudava a levantar as pernas para mais algumas repetições.

"Estou surpreso por não ter assustado você ainda, para ser honesto."

"Do treino? Não sou o melhor atleta natural, mas também não sou um desistente. Mesmo que eu tenha tentado desistir há pouco. Sou persistente quando preciso ser."

Erika continuou fazendo levantamento de perna na água enquanto o treinador auxiliava seus movimentos.

"Quero dizer a outra coisa", disse a treinadora Bethy. "Você não parece ser o tipo. É por isso que estou surpreso."

"Agora estou totalmente confuso."

"Deixa para lá."

Erika abaixou as pernas e elas se olharam. "Você aludiu a algo na semana passada sobre não querer treinar comigo. Agora você está insinuando algo de novo. Há algo que estou deixando passar? Quero dizer, você é um serial killer ou o quê? Eu prometo que não vou contar. "

"Você não sabe?" perguntou a treinadora Bethy. "Sou lésbica. Acho que você é a única garota do time que ainda não ouviu."

"Oh..."

"Você não recebeu o memorando?"

"Eu não sabia que havia um", Erika deu de ombros.

"Entendo que é 2023 e não estou sugerindo que você seja homofóbico ou algo assim. Mas algumas das meninas da equipe vêm de origens religiosas, cujos pais contribuem com muito dinheiro para esta instituição acadêmica. É uma coisa complicada. "

"Eles estão chantageando você?"

A treinadora Bethy balançou a cabeça.
"Não, nada disso. É uma longa história.
Mas basicamente algumas das garotas
do time me viram beijar uma professora
no vestiário."

"Uma professora?" Erika perguntou,
escondendo sua surpresa.

"Sim, uma professora. Foi uma coisa
curta. A professora não podia esperar e
entrou e nos beijamos. Achei que
tínhamos privacidade suficiente, então
permiti. De qualquer forma, eles viram e
ficaram tão chocados quanto você é. Nós
conversamos e eles concordaram em
manter isso em segredo para mim. No
entanto, garotas sempre serão garotas, e
eu sei que elas espalham informações
sobre mim. Eu notei que algumas das
jogadoras do time riem quando me
veem. Ei, é a vida, certo?"

"Isso é péssimo."

"O que posso fazer? Não estou em posição de vantagem aqui."

"É 2023, você pode ser tão gay quanto quiser", afirmou Erika.

"Eu sei. Mas o estigma estará lá, e não quero tornar as coisas estranhas porque estou muito perto de membros proeminentes desta instituição. Membros que, digamos, são muito mais tradicionais do que nós. Não que é uma coisa ruim. É assim que as coisas são.

"Para que conste, não tenho nenhum problema com o seu estilo de vida. Eu acho você linda e incrível. E eu realmente quero dizer isso do fundo do meu coração."

"Isso significa muito", a treinadora Bethy sorriu. "De qualquer forma, eu não tinha certeza de quais eram suas opiniões. É por isso que eu estava hesitante sobre nós trabalharmos em particular."

"Como você sabe para que lado eu balanço?"

"Seus olhos tendem a olhar para os meus músculos. Não para os meus seios, pernas ou lábios."

Erika sorriu. "Eu acho que é um bom indicador."

"Bem, é melhor sairmos da piscina antes que viremos ameixas de tanto ficar na água por tanto tempo."

"Ainda não terminei de levantar as pernas."

"Você não é?" a treinadora Bethy perguntou, sabendo para onde isso iria.

"Tenho certeza de que posso fazer algumas repetições. Deus sabe que meu núcleo precisa de toda a ajuda possível."

"Estou assumindo que você precisa de ajuda."

Erika pressionou as costas contra a parede e se segurou no concreto. "Eu não posso fazer essas elevações de perna na piscina sem a sua ajuda. Eu claramente não sou tão forte quanto você."

"Acho que comprometer-se com a sua forma física é muito forte."

A treinadora Bethy enfiou a mão na água
e colocou as mãos sob as coxas de Erika
novamente, ajudando-a a fazer as
elevações de perna na água. O clima
entre eles havia mudado. Era como se
eles se aproximassem a partir das
informações que compartilhavam. A
ligação tende a acontecer dessa maneira.

"Como é?" perguntou a treinadora
Bethy. "Queimando ainda?"

"Você está falando sobre o meu núcleo
ou suas mãos perto da minha bunda?"

A treinadora Bethy deu um suspiro
fingido. "Responda como quiser."

"Ambos queimam. De um jeito bom."

As mulheres sorriram umas para as
outras e, depois de mais algumas

repetições assistidas, Erika implorou para parar porque seus músculos do estômago doíam. A treinadora Bethy soltou e Erika colocou as pernas no chão da piscina.

"Você é uma boa esportista", disse a treinadora Bethy alegremente. "Gosto da sua ética de trabalho."

Erika ficou tensa de repente. "Posso te perguntar uma coisa? É meio embaraçoso, mas eu quero te perguntar de qualquer maneira."

"Claro, qualquer coisa."

"Quando você soube? Quero dizer, você sabe o que quero dizer. Mas quando você soube?"

Claro que a treinadora Bethy entendeu a pergunta. "Eu sempre soube. Por quê? Meus instintos estão errados sobre você?"

Erika balançou a cabeça. "Não, bem, eu não sei. É complicado."

"Hmmm..." a treinadora Bethy cantarolava baixinho. "Você é interessante."

"Por quê? Porque eu sou uma mulher esquisita e não caio nas caixas estereotipadas?"

"Talvez."

"Bem, isso é reconfortante", respondeu Erika.

"Não há problema em ser curioso. É perfeitamente natural. Mas não tenho certeza se sou a pessoa certa com quem você deveria falar. Sou funcionária desta escola e estou sujeita a diretrizes éticas."

"Eu sou um adulto."

A treinadora Bethy respirou fundo. "Se você está curioso sobre alguma coisa, então estou aqui para ajudá-lo. Sei que você está em um momento desafiador em sua vida, sendo uma jovem na faculdade."

"Obrigado."

"Havia algo específico sobre o qual você queria falar?"

"Como foi a primeira vez?" Erika se forçou a perguntar. "Quero dizer, você perseguiu a outra pessoa? Ou a outra pessoa foi atrás de você?"

"Foi mútuo, para ser honesto. Minha primeira vez foi mais ou menos da sua idade quando eu estava na faculdade. Eu era colega de quarto de uma garota. Vou poupar você dos detalhes. Mas eu sabia o que eu era. Ela estava em cima do muro sobre coisas. A única coisa que tínhamos em comum era que realmente nos dávamos bem. Tínhamos uma ótima química juntos e, surpreendentemente, ela se sentia atraída por mim."

"Eu não acho isso uma surpresa. Você é gostosa."

O treinador Bethy sorriu, "Obrigado. Mas essa foi a minha primeira vez. Aconteceu uma noite quando estávamos estudando juntos. Vou poupá-lo das partes sensuais."

"Estudar e depois beijar. Isso parece muito legal."

"Ainda não consigo acreditar que meus instintos estavam errados sobre você."

Erika deu de ombros. "Eu mantenho certas coisas sobre mim bem guardadas. Eu sou bom com segredos. Eu nunca tive essa discussão com ninguém antes."

"Bem, estou lisonjeado. Agora, por que você está perguntando? Você tem alguém em mente? Alguém que você esteja interessado em namorar?"

"Puxa, não. Eu admito, eu penso sobre algumas das minhas amigas assim, e eu não me importaria de beijá-las, mas ninguém fez nada sobre mim ainda."

A treinadora Bethy riu. "É assim que você vive sua vida? Esperando que os outros dêem o primeiro passo?"

Erika assentiu.

"Essa não é uma boa estratégia de vida", respondeu a treinadora Bethy. "Na verdade, é uma estratégia de vida terrível."

"Qual é a alternativa? Sair por aí batendo em garotas no bar local? Encontrar um aplicativo lésbico do Tinder no meu telefone? Eu não saberia o que fazer."

"Hmmm..."

"O que isso significa?"

A treinadora balançou a cabeça. "Deixa para lá."

"Não me diga."

"Nada. Eu só estava pensando que já que você pode guardar um segredo, nós nos damos bem, e você estava curioso, eu poderia ter ajudado você com seu pequeno dilema. Claro, isso seria uma violação da ética."

Os olhos de Erika se arregalaram e ela não fez nenhum esforço para esconder suas emoções. Poderia tal oferta realmente estar na mesa? Só de pensar nisso, suas pernas se cruzaram na piscina. Ela também não tentou esconder isso. Na verdade, ela tinha certeza de que a treinadora Bethy podia sentir o cheiro de sua excitação emanando da piscina usando superpoderes.

"Posso guardar um segredo", guinchou Erika.

"Regras são regras. Eu não deveria ter mencionado isso."

"Então você nunca dirige acima do limite de velocidade?"

"Isso é diferente."

"Como?"

A treinadora Bethy pensou por um momento. "Você jura nunca contar a ninguém?"

"Eu juro. Quando se trata de segredos, eu sou confiável."

"Se você quebrar esta promessa, a punição é a morte."

Erika piscou e assentiu. "Juro triplo."

"Feche seus olhos."

E foi aí que tudo mudou. Erika manteve os olhos fechados, sentiu o fluxo da água ao seu redor, então sentiu um par de lábios pressionados contra os seus. O beijo foi agradável, suave e apaixonado. Era como um bom beijo deveria ser. Foi muito mais terno do que qualquer outro beijo que ela já sentiu. A sensação de seus lábios se tocando enviou uma sensação agradável pela espinha de Erika.

Quando a treinadora Bethy enfiou a língua, Erika sentiu sua boceta apertar, forte. Suas pernas cruzadas mais apertadas e os dedos dos pés enrolados. Suas línguas lutaram por alguns segundos antes que a treinadora Bethy se afastasse.

"Você pode abrir os olhos agora", disse o treinador.

Erika abriu os olhos para ver a bela mulher sorridente. "Aquilo foi..."

"Agora você sabe como é. A curiosidade se foi."

"Você gostou? Quero dizer, fazendo isso comigo."

A treinadora Bethy assentiu. "Honestamente, você tem um gosto bom. Delicioso, até."

"Obrigada", Erika corou. "Você também."

"Devemos ir agora. Tenho aula em cerca de meia hora. Isso foi bom. Mas nunca poderemos fazer isso de novo."

"Por que não?"

"Sem ressentimentos, ok? Vejo você no treino amanhã."

Quando a treinadora Bethy tentou sair da piscina, os instintos e hormônios de Erika entraram em ação, e ela agarrou a treinadora pela cintura e puxou-a para perto, então eles se beijaram novamente. Erika se surpreendeu ao fazer isso. Ela ficou ainda mais surpresa que a treinadora Bethy não deu um tapa em seu rosto.

Então o beijo acabou e eles se olharam.

"Sinto muito por agarrá-lo assim", disse Erika com uma pitada de arrependimento. "Eu não sei o que deu em mim."

"Você é jovem e gosta de beijar. Eu entendo. Mas nunca jogue dominante comigo. Esta é a minha academia. Eu sou sua treinadora. Eu estou no comando."

Agora foi a vez do treinador exercer o controle puxando Erika para um beijo ainda mais profundo, mostrando como isso era feito. Mostrando um verdadeiro senso de controle sobre a situação, a treinadora até escorregou a mão para baixo, puxou a parte de baixo do maiô de Erika para o lado e mergulhou dois dedos, não parando até que Erika chegasse.

E a Erika veio na hora.

CAPÍTULO 3

Era tudo em que ela conseguia pensar, na verdade. Depois de uma experiência como essa, por que pensar em outra coisa?

É por isso que foi uma grande surpresa para Erika que a treinadora Bethy aparentemente a tivesse ignorado no treino do dia seguinte. Mais uma vez, a treinadora escolheu os favoritos e passou a maior parte do tempo se comunicando com os melhores jogadores e dando instruções gerais. Foi compreensível dada a pressão para a vitória do time.

Mas ainda assim, você não beija uma garota, faz ela gozar na piscina e finge que nunca aconteceu. Isso simplesmente não está certo. No mínimo, Erika esperava um sorriso e um aceno de alô, mas nem isso ela conseguiu.

Pior ainda, a treinadora Bethy até pediu que ela guardasse o equipamento sozinha, já que era sua 'vez de limpar'. Ela teve certeza de que estava sendo punida por seu comportamento sexual excessivamente agressivo na piscina, e essa foi a maneira do treinador de deixá-la saber quem é que manda.

Quando Erika finalmente conseguiu tomar banho, ela demorou e aproveitou a oportunidade para relaxar. As outras meninas já haviam tomado banho, saído do vestiário, e a pobre Erika estava sozinha. Ela se esfregou e passou xampu no cabelo. Tudo o que ela conseguia pensar era como ela teve essa bela experiência com a treinadora Bethy, que de alguma forma deu errado.

Quando o xampu foi lavado e ela puxou o cabelo para trás, ela viu alguém pelo canto do olho e se virou para ver a treinadora Bethy parada ali, ainda vestida com uma camiseta simples e calça de moletom, encostada na parede olhando para ela.

Erika desligou o chuveiro e deixou a água escorrer pelo corpo. Ela não teve nenhum problema em ficar nua na frente de sua treinadora. Talvez fosse porque ela já estava tão exausta; fisicamente da prática e emocionalmente de seus maus tratos percebidos. Ou talvez porque era excitante deixar sua treinadora vê-la nua assim.

"Você fica linda assim", disse a treinadora Bethy com olhos de admiração.

"Como nu?"

A treinadora Bethy sorriu. "Sim, seus seios são bonitos, como eu imaginei que fossem. Eu amo o jeito que a água cobre seus seios empinados, e esses mamilos rosados são de morrer."

As palavras tranquilizadoras fizeram com que Erika erguesse o queixo e apontasse o peito para a frente.

"Continue."

A treinadora Bethy examinou mais a fundo. "Você tem uma figura adorável. Pele macia. Uma forma bonita. E uma bela bunda redonda que eu gostaria de poder enterrar meu rosto."

Erika apertou as nádegas com a simples menção de sua forma arredondada.

"Talvez eu deixasse você brincar com a minha bunda se você não fosse tão desdenhoso comigo hoje. Nossa coisa da piscina não significou nada para você?"

"Primeiro de tudo, você é absolutamente delicioso", afirmou a treinadora Bethy. "Em segundo lugar, a razão pela qual eu designei você para limpar é para que estivéssemos sozinhos agora."

A boceta de Erika apertou. "Oh."

"Vou ser honesto; não consigo parar de pensar em você. Mas, ao mesmo tempo, não quero perder meu emprego ou reputação por causa disso."

"Posso guardar um segredo", disse Erika.

"Jurar?"

"Juro."

"Bom, porque preciso de um banho", respondeu a treinadora Bethy. "Você vai abrir a água e ajudar a me lavar?"

O coração de Erika disparou. "Claro, qualquer coisa."

Erika abriu a água do chuveiro novamente enquanto observava a treinadora Bethy tirar a roupa de uma forma tão casual. Por baixo da camiseta do treinador havia um sutiã esportivo preto que cobria os seios pequenos. A treinadora tirou os sapatos e as meias, ficando descalça no chão; em seguida, tirou as calças, revelando a calcinha.

A coisa mais louca foi que a treinadora Bethy se despiu como se estivesse sozinha. Sem olhar para ninguém. Sem hesitação. Nada sexy sobre isso. Quando ela tirou o sutiã esportivo e a calcinha, ela revelou seu corpo nu com uma marca de biquíni ao redor dos seios e virilha. Seus seios eram pequenos, mas seus mamilos marrons eram grandes e já duros.

Erika permaneceu congelada quando sua treinadora se aproximou dela e entrou debaixo da água para se enxaguar. Então ela deu um passo para o lado.

"Shampoo", disse a treinadora de costas. "Então use seu esfoliante em mim."

"Sim, treinadora Bethy."

Com as mãos ávidas, Erika colocou uma porção adequada de xampu nas palmas das mãos e passou nos cabelos da treinadora. Ela acariciou e massageou até que bolhas espumosas brancas estivessem por toda parte. Era divertido e estranhamente erótico lavar o cabelo de outra mulher.

Em seguida veio a parte divertida. Erika lavou as mãos na água do chuveiro e depois passou gel em um esfoliante.

"Em todos os lugares?" Erika perguntou.

A treinadora Bethy virou-se para encarar Erika, de modo que ficaram cara a cara, nuas.

"Em todos os lugares."

Erika respirou fundo e começou a trabalhar no corpo de Bethy. Começando com os espaços 'seguros' primeiro, como ombros e braços, sentindo o tônus muscular magro. Então ela passou para os seios. Seus olhos admiraram as linhas bronzeadas. Erika queria desesperadamente beliscar aqueles grandes mamilos marrons, mas ela não tinha permissão, então evitou fazê-lo. No entanto, ela usou o esfoliante para pressionar os mamilos e os seios, observando-os balançar levemente. As pernas foram feitas por último.

"Agora, abaixe o esfoliante", disse a treinadora Bethy. "Esfregue minha pele. É assim que os corpos são limpos, não é?"

"Sim", respondeu Erika.

Foi puro deleite quando Erika esfregou as mãos nuas na pele ensaboada da treinadora, sentindo o tom e a carne. Ela finalmente conseguiu sentir aqueles seios, até mesmo esfregar aqueles mamilos (embora ainda não tivesse coragem de beliscá-los). Ela até esfregou as coxas atléticas, panturrilhas e bumbum firme da treinadora.

"Em todos os lugares", disse a treinadora Bethy, virando as costas para Erika. "Esfregue meu clitóris."

Erika engasgou. "Você não tem medo que alguém nos pegue?"

"A esta hora do dia, ninguém deveria estar aqui. De qualquer forma, é melhor se apressar."

"O que exatamente você quer que eu faça?"

"Me faça gozar."

Erika engoliu em seco. "Certo. Você quer que eu devolva o favor da piscina."

"Garota esperta."

Erika pressionou a frente de seu corpo nu contra o traseiro nu da treinadora. Parecia elétrico. Então ela estendeu a mão direita e tocou a virilha e os lábios externos da treinadora. Parecia um raio. Então ela esfregou o clitóris da treinadora. Oh Deus...

Foi bastante simples. Erika implementou sua rotina normal de masturbação com dois dedos na buceta da treinadora e a reação foi instantânea. A treinadora Bethy gemeu e inclinou a cabeça para trás pelo prazer.

"Você é tão bom nisso", a treinadora Bethy gemeu. "Onde você esteve por toda a minha vida?"

Erika continuou esfregando seu clitóris. "Agora posso ser sua treinadora adjunta."

"Exatamente. Não oficialmente. Perfeito para aliviar o estresse em qualquer circunstância. Não pare, eu vou gozar."

Ouvir essas palavras apenas acendeu um fogo sob Erika. Ela segurou o corpo nu da treinadora apertado e esfregou furiosamente.

De repente, o corpo da treinadora ficou tenso e ela inclinou a cabeça ainda mais para trás. Ela respirou fundo e segurou, como se seu coração tivesse parado, então ela exalou tudo. Todo o estresse do dia desapareceu em um instante, substituído inteiramente pelo prazer.

"Foi uma delícia", suspirou a treinadora Bethy.

"Você sabe, se minhas mãos não estivessem cobertas de sabão, eu lamberia meus dedos agora."

A treinadora Bethy se virou para que eles se encarassem. "É isso que você normalmente faz depois de se masturbar?"

"Se eu estiver de bom humor."

"Boa menina."

Eles riram e se beijaram na boca. Então eles entraram juntos na água do chuveiro e deixaram o sabão escorrer pelo ralo.

Quando fecharam a torneira, beijaram-se mais um pouco e, de repente, ouviram: conversando e rindo. Duas ou três garotas tinham acabado de entrar no vestiário.

"Oh, foda-se", Erika sussurrou em um suspiro. "Temos que nos vestir."

"Sem tempo. Siga-me."

A treinadora Bethy agarrou Erika pelo pulso e a puxou para fora do chuveiro enquanto pegava suas próprias roupas no processo. Eles foram na ponta dos pés para o fundo do vestiário, onde a treinadora jogou suas roupas em um banco e colocou o dedo nos lábios para dizer: 'Shhh ....'

Eles ficaram ali em silêncio, nus, seus corpos pingando água enquanto ouviam as meninas falarem. Eram três jogadoras do time de softball. Ironicamente, foi o mesmo grupo de garotas religiosas que descobriu o segredo lésbico da treinadora há algum tempo.

Aquele senso distorcido de ironia só fez a treinadora Bethy sorrir e admirar a beleza de Erika de perto, enquanto as costas de Erika estavam pressionadas contra o armário.

"Não faça barulho", sussurrou a treinadora Bethy.

Enquanto as garotas falavam alto entre si, a treinadora beijou a língua de Erika, e Erika retribuiu o beijo o mais silenciosamente que puderam.

Mas não era só de beijos que a treinadora Bethy estava atrás. Sem chance. A treinadora caiu de joelhos e olhou para cima com um olhar diabólico em seus olhos. Instantaneamente, isso deixou Erika nervosa. Ela sabia que se estava sendo comida por sua experiente treinadora, não havia como se conter. Não havia escolha.

A treinadora Bethy levantou uma das pernas de Erika e colocou o pé no banco, deixando Erika com a boceta molhada e aberta. A treinadora fez novamente o gesto de 'Shhh....' e começou a comer, pressionando os lábios de sua boca contra os lábios da boceta de Erika.

De sua parte, Erika cerrou os dentes. Para garantir, Erika pressionou as palmas das mãos sobre a boca para suprimir qualquer ruído que pudesse escapar. Ela se forçou a ficar em silêncio enquanto a treinadora fazia uma performance oral especializada; sentindo a língua entrar e sair, sentir os lábios vaginais sendo sugados e, ocasionalmente, sentir a língua quente passar pelo clitóris.

Isso a deixava louca, especialmente ouvindo as jogadoras do time fazerem piadas grosseiras sobre suas vidas sexuais. Também foi excitante ouvir esses jogadores enquanto tinha um encontro lésbico secreto com a treinadora Bethy.

Os sentimentos cresceram dentro de Erika e ela sabia que ia explodir. Ela estava com medo de gritar porque eles seriam pegos.

Ela deu um tapinha na cabeça da treinadora Bethy e murmurou as palavras: "Vou gozar com tanta força".

Em vez de parar, a treinadora Bethy apenas pareceu mais excitada e fez o gesto de 'Shhh...' novamente.

A treinadora Bethy voltou a comer a xoxota de Erika, dessa vez com mais vigor, e enfiou dois dedos no buraco excitado. Foi o suficiente para deixar Erika louca. E isso a fez gozar.

Erika cobriu a própria boca com as duas mãos, fazendo de tudo para não gritar. Ela sentiu uma onda de fluidos disparar na boca da treinadora e, por um instante, ela se perguntou se a treinadora Bethy iria se levantar e dar um tapa nela. Em vez disso, a treinadora continuou chupando. Claramente, a treinadora Bethy gostou de beber.

Quando terminou, a treinadora Bethy se levantou e abraçou sua nova jogadora favorita do time, seus corpos nus e mamilos duros se tocando. Elas ficaram ali, olhando-se nos olhos, enquanto ouviam as outras meninas ainda conversando. Havia fluidos por toda a boca da treinadora.

Finalmente, as outras jogadoras saíram e ficaram sozinhas novamente.

"Posso te contar um segredo?" perguntou a treinadora Bethy.

"Qualquer coisa."

"Na verdade, esse é um grande fetiche meu. Fazer coisas de garota para garota no vestiário assim. É uma grande descarga de adrenalina para mim. Não há nada como isso. Estou feliz por ter experimentado isso com você."

Erika suspirou, "Foda-se, isso foi tão quente. Acho que encontrei meu novo hobby favorito."

"Bem-vindo ao meu mundo. Você é a primeira jogadora do meu time com quem eu já brinquei, e não sei o que fazer. Vamos descobrir isso à medida que avançamos, supondo que você queira continue. Enquanto isso, está ficando tarde e é melhor nos vestirmos.

Eles se beijaram na boca novamente, mas desta vez Erika provou seu próprio esguicho na boca da treinadora. Quando a treinadora terminou o beijo, ela pegou suas roupas e foi embora.

"Espere", disse Erika antes que a treinadora Bethy pudesse ir. "Desculpe por esguichar na sua boca assim. Eu não queria."

A treinadora Bethy sorriu, "Como eu disse, você é deliciosa."

A sessão acabou e a treinadora foi embora, de roupa na mão, com o

bumbum nu balançando a cada passo
para Erika admirar.

FIM